_____ 님께

소중한 마음을 담아 드립니다.

20 . . .

_____ 드림

마음이 아름다우니
세상이 아름다워라

마음이 아름다우니
세상이 아름다워라

초판 1쇄 발행 2014년 5월 5일
5쇄 발행 2022년 8월 15일

지은이 이채 · **발행인** 권선복 · **디자인** 김소영 · **전자책** 서보미 ·
마케팅 권보송 · **발행처** 도서출판 행복에너지 · **출판등록** 제315-2011-000035호
주소 (157-010) 서울특별시 강서구 화곡로 232 · **전화** 0505-613-6133 · **팩스** 0303-0799-1560 ·
홈페이지 www.happybook.or.kr · **이메일** ksbdata@daum.net

값 15,000원

ISBN 979-11-5602-052-3　　03810
Copyright ⓒ 이채, 2014

도서출판 행복에너지는 독자 여러분의 아이디어와 원고 투고를 기다립니다. 책으로
만들기를 원하는 콘텐츠가 있으신 분은 이메일이나 홈페이지를 통해 간단한 기획서와
기획의도, 연락처 등을 보내주십시오. 행복에너지의 문은 언제나 활짝 열려 있습니다.

마음이 아름다우니
세상이 아름다워라

이채 제7시집

이채 지음

도서
출판 행복에너지

7년 만에 일곱 번째 시집을 출간하면서, 부족한 글이나마 많은 독자들에게 작은 위로가 되었으면 하는 바람으로…

김부식이 『삼국사기』를 다 집필한 후 임금께 올린 '진삼국사표' 마지막 부분에 나오는 구절을 감히 인용해봅니다.

"비록 명산에 간직할 만한 책은 못 되더라도
장독 덮개로 쓰지 않기를 바랄 뿐입니다"

차

례

1장. 한 번 왔다 가는 인생길

2장. 마음이 아름다우니 세상이 아름다워라

3장. 우리라는 이름의 당신

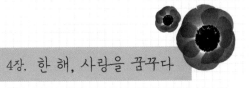

4장. 한 해, 사랑을 꿈꾸다

1장.
한 번 왔다 가는
인생길

꽃 피는
창가에서

한철 피고 지는 꽃이라도
한평생 살다가는 나의 스승이어라

그러고 보면
나는 너무 오래 사는 것 같아

꽃 한 송이 필 때마다
하늘 한 번 열리고 닫힌다는 걸

꽃 한 송이 질 때마다
아득한 별 하나 사라져간다는 걸

나는 모르지
너무 오래 살아도 나는 모르지

한 번 왔다 가는
인생길

아무렴

한 번 왔다 가는 인생길

그냥 갈 수는 없잖아

바람 같은 인생이라면

나뭇잎이라도 흔들고 가야지

강물 같은 인생이라면

이슬이라도 맺혔다 가야지

그래
다시는 되돌아갈 수 없는 길
흔적이라도 남기고 가야지

꽃 같은 인생이라면
씨앗이라도 여물고 가야지
나그네 같은 인생이라면
발자국이라도 남기고 가야지

아무렴
뒷모습은
뒷사람만이 볼 수 있는 게지

누가 인생을 무상이라 했더냐

늙지 않는 사람이
어디 있으랴

늙어 보았느냐

나는 젊어 보았다

젊어 보고 늙어 보니

청춘은 간밤의 꿈결 같은데

황혼은 어느새 잠깐이더라

지금 젊고

아직 늙지 않은 사람들아

인생이란

반복이 없고 연습 또한 없으니

세월이 유수라고

시간을 물 쓰듯 낭비하지 마라

오용과 남용이 삶을 망치고

나태와 추태가 사람을 망치더라

지금 젊어도

언젠가 늙을 사람들아

효도도 보고 배우는 것이니

좋은 것, 맛있는 것 있으면

자식보다 부모 먼저 건네어라

사람도 나무와 같아

뿌리를 섬겨야 잎이 무성하리

늙는 것도 서러운데

늙어가는 것보다 더 서러운 것은

늙었다고 외면하고

늙었다고 업신여기고

늙었다고 귀찮아함이더라

세상천지에

늙지 않는 사람이 어디 있으랴

한 번
왔다 가는
인생길

눈물 없는 인생이
어디 있으랴

비가 산과 들을 가려서 내리고
바람이 나무와 풀을 가려서 불던가
바위틈 작은 풀꽃에도 비는 내리고
갈대밭 풀벌레소리에도 바람은 다녀가네

풍랑이 치고 해일이 일다가도
파아란 하늘이 얼굴을 내밀면
제 가슴 쓸어안고 고요해지는 바다여
살다 보면 누구나
울고 싶을 때가 있다
울어야 할 때가 있다

고난 없는 삶을 바라지 마라
고난은 견딜 수 있을 만큼 주어지는 아픔이고
보람은 견뎌낸 만큼 얻어지는 기쁨이다
오늘 내 몸이 수고스러워야

내일 내 마음이 풍요롭거늘
무엇이든 쉽게 구하려 들지 마라

눈물 없는 삶을 바라지 마라
울지 않고는 태어날 수 없듯
울지 않고는 살아갈 수 없는 세상
하루를 사는 데도 걱정이 많거늘
한평생 사는 데야 말해서 무엇하리

한 번
왔다 가는
인생길

인생의 계단에는
엘리베이터가 없습니다

삶의 기준을 세상에 두기보다
나의 상황, 나의 환경에 둔다면
나 됨의 긍지와 자부심으로
모든 여건은 기쁨이요 축복일 것입니다

우여곡절 없는 삶이 어디 있겠습니까
오르막이 있으면 내리막이 있고
맑은 날이 있으면 흐린 날이 있고

어둠이 없다면 찬란한 별도 빛을 잃고 말겠지요

실수는 잘하기 위한 연습일 뿐이며
실패는 성공을 위한 과정일 뿐입니다
한순간 삶을 바꿔놓는 기상천외한 일은 없으며
기적 또한 바라지 마십시오

행운은 결코 그냥 오지 않습니다
불굴의 의지가 기회를 만들며
운이 없다는 말은
공허한 사람의 변명은 아닐는지요

행복의 기준을 물질에 두기보다
사람의 가치와 사고에 둔다면
그 뜻과 의미만큼 살고
그만큼의 자유와 평화를 누릴 것입니다

행복은 가꾸는 사람의 몫이지요
포기하지 말고, 서두르지 말고
한 걸음씩 성실과 인내로써 전진하십시오
인생의 계단에는 엘리베이터가 없습니다

한 번
왔다 가는
인생길

인생 칠십이면

인생 칠십이면 가히 무심이로다
흐르는 물은 내 세월 같고
부는 바람은 내 마음 같고
저무는 해는 내 모습 같으니
어찌 늙어보지 않고 늙음을 말하는가

육신이 칠십이면 무엇인들 성하리오
둥근 돌이 우연일 리 없고
오랜 나무가 공연할 리 없고
지는 낙엽이 온전할 리 없으니
어찌 늙어보지 않고 삶을 논하는가

인생 칠십이면 가히 천심이로다
세상사 모질고
인생사 거칠어도
내 품 안에 떠가는 구름들아
누구를 탓하고 무엇을 탐하리오

그곳이 먼 듯하여도
천리만리 먼 듯하여도
마지막 눈 감으면
영혼의 날개로 단숨에 닿는 그곳
누가 하늘을 멀다고 하는가

노년의 삶은
곧 인생의 철학입니다

아직 어리고
아직 젊은 사람들이여!
노년의 삶은 곧 인생의 철학이외다

나를 성숙하게 한 것은
눈을 멀게 하는 황홀한 빛이 아니라
자양분이 가득한 어둠 속 고난이었음을
눈부신 태양의 하늘보다
별이 뜨는 어둠의 하늘을 더욱 사랑하시오

내가 물질을 지배하려 들면
물질이 나를 지배하고 말 것이니
노동의 노예가 아닌
재물의 노예가 아닌
그들의 주인으로 살도록 하시오

한 번
왔다 가는
인생길

세상의 그 어떤 존재도
비교우위를 논함에 있어
절대적 가치는 없으니
사람이 판단하고 사람이 인정하는
잘나고 못난 것에 연연하지 마시오

제각각 흐르는 물이
제소리를 버려야 강을 이루듯
부부 사이가 그러하고
부모 자식 간이 그러하고
사람과 사람의 관계가 그러하더이다

노년의 삶이란
고단하고 오랜
그 여정의 먼 길을 걸은 후에야
비로소 만날 수 있는 내 영혼의 휴식 같은 것
그러나 그것은
천상의 이상 같은
내 생애 가장 간절한 기도였소이다

한 번
왔다 가는
인생길

인생,
이렇게 살아라

1. 웃으며 살아라

고달픈 인생

오죽하면 태어날 때 울기부터 했을까마는

양껏 벌어도 먹는 건 세끼요

기껏 살아도 백 년은 꿈인 것을

못산다고 슬퍼 말고 못났다고 비관마라

재물이 늘어나면 근심도 늘어나고

지위가 높아지면 외로움도 더하는 법

부자 중에 제일은 마음 편한 부자요

자리 중에 제일은 마음 비운 자리이다

하늘이 무너질 걱정도

하늘의 몫이지 사람의 몫이 아닐 테니

웃으며 살아라

맘껏 웃으며 살아라

웃어야 복이 오고 웃어야 건강하다

2. 물처럼 살아라

물을 벗하지 아니하고 어찌 불을 다스리리
사람이 사람인 이상
비운다 한들 다 비울 수 있을까마는
어느 날 분수에 넘치는 탐욕이 일거든
위에서 아래로 흐르는 물처럼
이치에 맞게 양심을 거스르지 말 것이며
어느 순간 미움과 증오로 분노가 일거든
얼음이 녹아 물이 되듯
분노의 언 가슴 용서로 물로 흘려보낼 일이다

물이 그릇을 탓하더냐
둥글면 둥근 대로
모나면 모난 대로
제 모습을 그릇에 맞추는 물처럼 사는 사람은
세상을 탓하지 아니하네
각박한 세상에서도 맑은 소리로
순수하게 정직하게 사는 사람은
도리에 어긋남이 없고 노릇에 부족함이 없다

인생의 벗이 그리워질 때

사계절 꽃 같은 인생이 어디 있으랴
고난과 질곡 없는 삶이 어디 있으랴
살면 살수록 후회가 많은 날들
어떻게 살아야 잘 사는 것인지
때때로 삶의 빛깔이 퇴색되어질 때
소나무처럼 푸른 벗을 만나고 싶습니다

자비까지는 아니더라도
구원까지는 아니더라도
따뜻한 차 한잔으로 마주 앉아
복잡한 어제오늘의 심사를
편안한 마음으로 위로받고 싶을 때
거짓 없는 진실한 벗을 만나고 싶습니다

무엇보다 변함없는 벗이었으면

부르면 웃음소리가 들리고

만나면 물소리가 들리는

산처럼 강처럼, 숲처럼 계곡처럼

반듯한 생각, 정직한 마음으로

대나무처럼 곧은 벗이었으면 좋겠습니다

그 수많은 밤을 보내고 보냈어도

한 방울의 이슬도 맺지 못하는

사람이란 얼마나 불쌍한가요

그 수많은 날을 걷고 걸었어도

한 송이의 꽃도 피우기 힘들 때

삶이란 또 얼마나 허무한가요

그 수많은 사람을 만나고 만났어도

꽃잎의 인연으로 간직하지 못하고

스치고 부딪친 옷깃과 옷깃 사이로

감사와 위안의 햇살보다는

불신과 미움의 바람이 넘나들 때

문득, 강물 같은 인생의 벗이 그립습니다

삶은 고달파도
인생의 벗 하나 있다면

그리 자주 세상이 나를 속이지는 않지만

가끔 속일 때면

'다 잊어버려'라는 말로

가슴까지 촉촉이 눈물 맺히게 하는

이슬 같은 벗 하나 있다면

어쩌다가 마주치는 벼랑 끝에서도

덥석 두 손을 잡고

'포기하지 마'라는 말로

다시 뜨는 내 안의 작은 불빛

등잔 같은 벗 하나 있다면

왠지 쓸쓸하고 허전할 때

한 줄기 바람처럼 단숨에 달려와

'힘내'라는 말로

인간적인 따스함을 느끼게 하는

햇살 같은 벗 하나 있다면

인연이 깊다 한들

출렁임이 없겠는가마는

그 모습 그대로

변함없이 그 자리에 서 있는

바위처럼 믿음직한 벗 하나 있다면

세상이 만만하더냐

사람이 만만하더냐

그 무엇 하나 만만하지 않아도

내가 너인 듯싶고

네가 나인 듯싶은

내 마음의 풍경 같은 인생의 벗 하나 있다면

살다 보면
따뜻한 가슴이 그리울 때가 있습니다

살다 보면 누구나

꽃 한 송이의 사랑을 피워도

낙엽처럼 쓸쓸할 때가 있고

그 사랑으로 행복을 노래해도

노을 한 자락 그리울 때가 있습니다

어느 날의 삶과 사랑이 고독해서

하얗게 잊고도 싶지만

생각만 분분하고

바람만 휑하니 가슴으로 불어올 때

어떻게 살아야 잘 사는 것인가

삶이란 무엇인가, 자신에게 반문해봅니다

내가 나에게 절대적이어야 함에도

때로는 그 절대성을 잃고 방황하며

나는 누구인가, 나는 언제부터 나였고

그리고 언제까지 나로 살아갈까

조용히 내 이름 불러보면

그 이름조차도 타인처럼 낯설 때가 있습니다

살다 보면 누구나

마음과 마음을 주고받으면서도

끝내 홀로일 수밖에 없는 홀로가 되어

끝내 외로울 수밖에 없는 외로움을 느낄 때

문득 따뜻한 사랑, 따뜻한 가슴이 그리워집니다

함께 사는 세상이
아름답습니다

혼자 가면 빨리 갈 수 있겠지만

함께 가면 멀리 갈 수 있습니다

세상이란, 삶이란 결코

혼자 살 수도 없겠지만

혼자 살아서도 안 되겠지요

가끔 홀로 핀 꽃을 보노라면

아름답긴 해도 왠지 쓸쓸한걸요

꽃도 사람도

어울려 피어야 풍경이지요

푸른 하늘, 희망의 광야로

길이 열리고, 뜻이 펼쳐질 때

'우리'라는 말은 소망의 빛이 됩니다

한 번
왔다 가는
인생길

더불어 살아가는 마음과 마음끼리
향기로운 인간애를 주고받을 때
'함께'라는 말은 기쁨의 샘터가 됩니다

성공한 당신이라면, 성공 저편에 있는
실패의 눈물을 기억하세요
당신이 풍요롭다면
그늘을 돌봐야 함을 잊지 마세요

삶이 전쟁이라고는 하지만
누구를 이길 전쟁도
누구에게 질 전쟁도 없는
함께 사는 세상이 아름답습니다

사랑의 꽃이 활짝 핀 세상
믿음의 향기가 물씬 풍기는 세상
행복의 물결이 파도치는 세상
바로 우리의 몫입니다

한평생
복된 삶이었으면 좋겠습니다

만족은 사람을 부유케 하니
절로 행복이 찾아오고
불만은 사람을 빈곤케 하니
스스로 불행을 자초할 따름이라

고독은 잎을 키우고
고난은 열매를 맺게 하니
한사코 눈물을 낭비하지 말 것이며
애써 피하지도 두려워할 것도 없으리

지평선 아득히 바다가 보이는
높은 산에 뜻을 심으니
하늘 평화 마음에 깃들고
몸 또한 구름처럼 자유롭구나

생각이 깊어야 물이 고이고
그 물이 흘러야 영혼이 맑을 터
우리가 섬기는 진리는 늘 외로워도
정도를 걸으니 마음의 빚도 없어라

삶이라는 이름으로 지치지 아니하고
사랑이라는 이름으로 구속치 아니하니
생이여! 한평생 복된 삶이란
이로써 족하지 아니한가

아침이 오지 않는
밤은 없습니다

어둠 속의 별은

스스로 빛을 발하는 사람에게만 별인 것입니다

고난 속의 희망은

스스로 일어나는 사람에게만 희망인 것입니다

그 밤의 어둠이 절망이라면

그 절망에서 깨어나는 희망은 아침입니다

성공만이 인생의 철학은 아니지요

실패해도

또 실패해도 좋은 것은, 먼 훗날

실패도 삶의 업적이 될 수 있으니까요

상실로부터 얻어지는 교훈은

변화와 성숙을 위한 자산이며 유산입니다

그러므로 실패라는 말은

시작이라는 말의 또 다른 언어이기도 합니다

실패로 인한 고통이

불면의 긴 밤과

한 번
왔다 가는
인생길

자학의 깊은 밤이 될지라도
좌절하거나 포기하지는 마십시오
실패는 단지 오르기 위한 계단에 불과하며
삶의 터널을 지나는 과정이며 훈련일 뿐입니다

정직한 실패는
물질이 정신을 파괴하지 않으며
현실과 이상을 분리하지 않습니다
모든 나로부터 내가 자유로울 때
어둠이 걷히듯 두려움은 사라지지요
그때 밤은 진리이고 아침은 정의라는 것을 깨닫게 되지요

다만 눈을 감는 것은
다만 눈을 뜨기 위함이라는 것도…
왜냐하면
아침이 오지 않는 밤은 없으니까요

한 번
왔다 가는
인생길

사람이 사람에게

꽃이 꽃에게 다치는 일이 없고
풀이 풀에게 다치는 일이 없고
나무가 나무에게 다치는 일이 없듯이
사람이 사람에게 다치는 일이 없었으면 좋겠다

꽃의 얼굴이 다르다 해서
잘난 체 아니하듯
나무의 자리가 다르다 해서
다투지 아니하듯

삶이 다르니 생각이 다르고
생각이 다르니 행동이 다르고

행동이 다르니 사람이 다른 것을
그저 다를 뿐 결코 틀린 것은 아닐 테지

사람이 꽃을 꺾으면 꽃내음이 나고
사람이 풀을 뜯으면 풀내음이 나고
사람이 나무를 베면 나무내음이 나는데
사람이 사람에게 상처를 입히면 사람내음이 날까

꽃이 향기로 말하듯

꽃이 향기로 말하듯
우리도 향기로 말할 수 있었으면
향긋한 마음의 꽃잎으로
서로를 포근히 감싸줄 수 있었으면

한마디의 칭찬이
하루의 기쁨을 줄 수 있고
한마디의 위로가
한가슴의 행복이 될 수 있다면

작은 위로에서 기쁨을 얻고
소박한 일상에서 행복을 느끼듯
초록의 한마디가 사랑의 싹을 틔울 때
그 하루의 삶도 꽃처럼 향기로울 것입니다

실수했을 땐, 괜찮아 그럴 수도 있지
실망했을 땐, 힘내 다음엔 잘할 거야

만났을 땐, 잘 지냈니? 보고 싶었어
헤어질 땐, 건강해라 행복해라
이런 말에 화낼 사람은 없겠지요

잘했다는 칭찬에서
새로운 용기를 얻고
괜찮다는 위로에서
또 다른 희망이 생긴다면
우리의 삶은 얼마나 풍요로울까요

마음이 꽃처럼 아름다운 사람은
그 말씨에서도 향기가 납니다
마음 씀씀이가 예쁜 사람은
표정도 밝고 고와서
한 송이 꽃처럼 아름다울 테니까요

한 번
왔다 가는
인생길

살다 보면
이런 날이 있습니다

살다 보면 사는 일이 쓸쓸해서

어디론가 훌쩍 떠나고 싶은 날이 있습니다

인적이 드문 산도 좋고

갈매기와 구름만 오가는 섬도 좋고

현실과 멀면 멀수록 좋은 그곳으로

복잡한 생각, 복잡한 세상을

잠시 벗어나고 싶은 날이 있습니다

살다 보면 사람이 싫어져서

회의가 오고 염증을 느낄 때가 있습니다

사람과 사람 사이

사랑과 믿음만큼 소중한 것이 없음에도
그것이 금이 가고 쉽게 무너질 때
가슴엔 침묵의 강이 생기고
고독의 강물이 흘러
사는 일이 서글퍼지는 날이 있습니다

우리 사는 이 땅이
미움의 땅이라면 꽃은 피지 않으련만
날마다 커가는 나무가
불신의 나무라면 열매는 맺히지 않으련만
꽃처럼 나무처럼 그렇게 살고자 해도
생각처럼 잘되지 않아 속상한 날이 있습니다

살다 보면 부질없는 욕심으로
초라한 자신이 미워지고 슬퍼지고
오늘이 힘들어 울고 싶은 날도 있습니다
가장 영리하면서도 가장 어리석은 것이
어쩌면 사람이 아니던가요
세상의 주름은 사람이 만들고
사람의 주름은 세월이 만들 때
문득 사는 일이 허무해지는 날이 있습니다

오늘은
왠지 쓸쓸합니다

오늘은 왠지 쓸쓸합니다

바람에 나부끼는 가랑잎처럼

어디론가 흩어지는 마음 한 자락

누구를 못 잊어 가슴 아픈 것도 아니고

누구를 부르다가 지쳐버린 메아리도 아니건만

오늘은 그냥 허전합니다

이슬 맺힌 달빛 고요는 살아온 날의 침묵 같고

풀섶 헤치는 바람 소리는 살아갈 날의 독백 같고

어둠은 별빛으로 흘러 새벽에 이르는 고독 같아

자꾸만 한쪽으로 기우는 생각은 저물어

시간은 걸어가도 나는 방향을 잃었습니다

이런 걸 외로움이라고 해야 합니까

쓸쓸한 까닭이 전혀 없는 것은 아닙니다

버릴 것을 다 버리지 못하고

잊을 것을 다 잊지 못하고

때로는 집착과 욕망으로

나조차 갖지 못한 내 탓입니다

마음 하나도 제대로 다스리지 못하는

바로 사람인 까닭입니다

한 번
왔다 가는
인생길

왜 사람인가

음식의 의미를 깨닫지 못한다면
먹는다는 것은 생명의 수단에 불과하고
노동의 가치를 깨닫지 못한다면
일한다는 것은 생계의 수단에 불과하다

"삶이란 무엇이고 나는 누구인가"라는 질문을 던질 때
누구도 그 어떤 대답도 할 수 없다 할지라도
"왜 사는가"라는
삶의 의미를 깨닫지 못한다면
산다는 것은 그저 살아있음에 불과하다

사람이 사람인 까닭은 사람 노릇에 있거늘
"왜 사람인가"라는
사람의 도리를 깨닫지 못한다면
사람은 그저 두 발로 걷는 짐승에 불과하다

한 번
왔다 가는
인생길

그대여,
살다 보면 이런 날이 있지 않은가

그대여, 살다 보면

'나는 누구인가'라는

가장 원초적인 질문을 하게 되는

이런 날이 있지 않은가

알 것도 같고 모를 것도 같은, 그러나

그 누구도, 그 어떤 대답도 할 수 없는

'나'라는 존재의 본질을 찾고 싶은

이런 날이 있지 않은가

누구를 지배할 이유도

누구에게 지배받을 이유도 없는

다만 평범하게 살고 싶은

소박한 꿈마저도 바람 앞에 힘겨울 때

그대여, 살다 보면

'삶이란 무엇인가'라는
가장 고독한 질문을 하게 되는
이런 날이 있지 않은가

마음의 풍요보다 물질의 풍요가
행복의 조건이라는 가치관이
상식으로 여겨질 때
그대여, 살다 보면
'돈이란 무엇인가'라는
가장 서글프고 쓸쓸한 질문을 하게 되는
이런 날이 있지 않은가

창조의 신은 우리에게
생명을 주었듯이 죽음도 주었지요
언젠가는 죽는다는 두려운 사실
그래야만 한다는 숙명적인 사실
엄연한 이 사실에, 문득
욕망의 부질없음을 깨닫게 되는
그대여, 살다 보면 이런 날이 있지 않은가

잡초가 무성한 곳엔
사람이 모이지 않습니다

잘난 척하는 거만보다
못난 척하는 바보가 행복하고
아는 척하는 교만보다
모른 척하는 겸손이 아름다운 것을

사람을 가깝게 하고
사람을 머물게 하는 힘은
부도 명예도
학식도 외모도 아니지요

사람의 가슴에서 흙내음이 나면
무엇인들 심어 싹이 트지 않으리오
사람의 가슴에서 물소리가 들리면
무엇인들 품어 흐르지 못하리오

그러기에
이웃이 없고

친구가 없는 외로움은
어쩌면 스스로 만든
고집과 아집과 트집 때문은 아닐는지

보세요
꽃이 만발한 곳엔 사람이 모여도
잡초가 무성한 곳엔 사람이 모이지 않습니다

어쩌죠
마음의 꽃은 피우기 힘들어도
뽑아도 뽑아도
자꾸만 자라나는 내 안의 잡초를…

사람됨이란
마음의 양식에 달렸습니다

말이 번듯하다고
곧 행동이 반듯한 것은 아니요
얼굴이 곱다고
곧 마음씨가 고운 것도 아닙니다

학문이 높다고
반드시 인격이 높은 것은 아니요
부를 쌓았다고
반드시 덕을 쌓은 것도 아닙니다

진실한 사람은
말로써 말하지 아니하고
정직한 사람은
매사에 곧음이 보입니다

있어도 인색한 사람이 있는가 하면
없어도 후한 사람이 있고
아는 것이 많아도
모르는 것이 더 많다는 겸손은
진정한 지식인의 미덕입니다

어진 사람은
그 도량이 큰 나무와 같아

한 번
왔다 가는
인생길

제 그늘로 쉼터를 이룰 것이고
선한 사람은
그 성품이 꽃처럼 아름다워
제 향기로 나비를 부를 것이나

거짓을 일삼은 사람은
세 치의 혀로 불신을 낳고
술수에 능한 사람은
제 스스로 제 무덤을 팔 것이로되

누군들
겉만 보고
사람을 안다고 말할 수 있겠는가

사람의 꽃이 되고 싶다

그대와 내가 한 번도 본 적 없는 얼굴로

우연히 길에서 마주친다 해도 서로의 꽃이 될 수 있을까

꽃집으로 들어설 때의 설렘과

한아름 꽃을 안고 집으로 오는 동안

한 잎 한 잎 고운 향기 맡으며

상큼한 웃음 감추지 못하던 그 표정으로

나는 그대에게 어떤 꽃으로 기억되고 싶은 걸까

발을 밟은 그대라면

어깨를 부딪친 그대라면

길을 묻는 그대라면

서로의 이름은 몰라도 은은한 들꽃 같은 향기로

미소가 예쁜 친절한 꽃으로

사슴의 눈망울을 닮은 착한 꽃으로 기억되고 싶은 걸까

저마다 뜰은 있어도 가꾸지 않고
꽃병은 있어도 꽃이 없는 창가에서
아름다운 호수를 바라본다 한들
시끄러운 귀로는 물소리를 들을 수 없고
불만의 목소리로 백조의 노래를 부를 수 없으며
비우지 못한 욕심으로 어떻게 새들의 자유를 이해할 수 있을까

부족함 속에서도 늘 감사하는 행복의 꽃
작은 것에서도 소중함을 느끼는 기쁨의 꽃
보이지 않는 숨결에도 귀 기울이는 관심의 꽃
누구에게나 자신을 낮추는 겸손의 꽃
사막에서도 물을 길어 올리는 지혜의 꽃
사람의 뜰에는 만 가지 마음의 꽃이 있어도
어느 꽃도 피우지 못하는 나를 발견하네

꽃씨처럼 말씨도 고우면
꽃이 핍니다

꽃씨처럼 말씨도 고우면 꽃이 핍니다

말씨가 고운 사람은

마음씨도 고와

누구나 좋아하고

어디서나 환영받습니다

어깨를 부딪치거나 발을 밟아도

살며시 웃어주는 풀꽃 같은 미소로

작은 관심 작은 배려에도

고마움을 잊지 않는 감사의 꽃으로

길을 묻는 그대에겐

차근차근 일러주는 친절한 꽃으로

없는 말은 지어내지 말고

있는 말도 가려서 하고

같은 말도 곱게 하면

나도 모르게
꽃처럼 아름다운 꽃마음이 됩니다

어떤 이유로
다투거나 화가 날 때에도
속상하고 짜증 날 때에도
씨가 되는 말은 하지 않기로 해요
씨가 되는 말은
두고두고 가슴에 남아
오해의 불씨 원망의 불씨
미움의 불씨가 될 수 있으까요

꽃씨처럼 말씨도 고우면 꽃이 핍니다
한 알의 씨앗이
한아름 꽃을 피우듯
한마디의 말이
마음에서 마음으로
사랑의 꽃향기를 전할 때
우리 사는 이 땅은
웃음꽃 만발한 행복의 꽃동산이 되지요

한 번
왔다 가는
인생길

말씨는 곱게
말수는 적게

말이 거친 사람은

말로써 오해를 사고

말로써 시비가 일고

말로써 다툼이 잦을 것이요

말이 과한 사람은

말은 거창하되 실속이 없고

농담과 진담의 경계가 모호하니

매사에 신뢰를 잃을 것이요

말이 앞서는 사람은

열정은 있어도 노력이 없고

계획은 있어도 실천이 없으니

그 결과가 신통치 못할 것이요

말이 많은 사람은

말로써 경솔하고

말로써 처신이 가볍고

말로써 실수가 많을 터

말씨는 곱게 말수는 적게

생각하는 말이 보석이요

하는 말보다 듣는 말이 보약일 것입니다

한 번
왔다 가는
인생길

삶이 힘겨운
당신을 위한 기도

다이어트를 위해 한 끼의 식사를

애써 참아내는 사람이 있는가 하면

한 끼의 식사를 위해

종일 폐휴지를 줍는 사람이 있습니다

하늘 아래

같은 땅을 밟고 살면서도

이불 대신 바람을 덮고

내일을 걱정하는 불면의 밤이 있습니다

가난이라는 삶의 한계 앞에서
내가 알지 못하는 힘겨운 삶이 있다면
차라리 눈을 감고, 사람이여!
나는 눈물의 기도를 하고 싶습니다

오늘 아침 밥상에도
자본주의는 이익을 배당하지 않았고
오늘 저녁 잠자리에도
민주주의는 평온의 휴식을 허락하지 않았다면
법과 도덕은 무엇이며 종교는 누구를 위한 것입니까

자유의 신은 말이 없고
평등의 신은 눈을 감은 지 오래라면
사랑의 진리는 어디에서 찾아야 하며
희망의 나무는 어느 땅에 심어야 합니까

어차피 끝을 알 수 없어도
사유할 수밖에 없는 우리들의 삶
내게 과분한 물질이 있다면, 사랑이여!
지친 자에게 한 줌의 햇살이 되게 하시고
목마른 자에게 한 모금의 샘물이 되게 하소서

나 됨이 행복하여라

고대광실이 좋다 해도
무릎 펴기는
내 집만 못하더라

행복을 일컬음에
반드시 높고 큰 것은 아니로되
뜻이 있고 선량한 마음이 살면
그것이 곧 행복이 아니더냐

사람이 한평생 살아감에

기쁨은 무엇이며

슬픔은 또 얼마이던가

생각을 달리하면

모진 비바람도 은혜롭기만 하네

크든 작든

내 몫이면 족할 것이요

잘났든 못났든

나 됨이 마냥 행복하여라

2장.
마음이 아름다우니
세상이 아름다워라

마음을 다스리는 기도

위를 보고
아래를 보지 못하면
불만이 싹틀 것이요

아래를 보고
위를 보지 못하면
오만에 빠질 것이요

밖을 보고
안을 다스리지 못하면
고요를 찾기 어렵고

앞을 보고
뒤를 되새기지 못하면
지혜를 구하기 어려울 터

모름지기
주변을 돌아보고
마음을 다스린다 함은
현명한 자의 덕목이라

부디
살아가는 그날까지
이 말만은 기억하게 하소서

마음이
아름다우니
세상이
아름다워라

마음이 아름다워야
삶이 아름답습니다

바람이 날카로운 것은
내 마음이 어수선한 탓이요
바람이 부드러운 것은
내 마음이 평화로운 탓이리

사랑도 미움도
기쁨도 슬픔도
행복도 불행도
모두 한 길 마음에 달렸으되
맑지 못하니 스스로 고요하지 못하고
깊지 못하니 스스로 시끄러울 뿐이로다

부디 미움을 키우지 말고
오직 사랑만을 키우라 하심은
아름다운 마음, 아름다운 생각으로
어진 길을 걷다 보면
필시 지혜의 물을 만난다 함이라

오늘 나는
내일 그 누구의 등불이나 될까

마음이
아름다우니
세상이
아름다워라

삶이란
마음먹기에 달렸습니다

오늘 우리가 살아 있는 것은
신의 뜻일지 몰라도
오늘 우리가 무엇을 해야 할 것인가는
우리 자신의 뜻입니다

오늘 우리 앞에 놓여진 이 길은
어쩔 수 없는 운명이라 할지라도
그 운명을 어떻게 받아들이느냐 하는 것은
우리 의지에 달렸습니다

도전하는 용기보다
더 큰 희망은 없으며
할 수 있다는 신념은
모든 길을 걷게 합니다

오늘, 또 다른 오늘 우리가
어디에 살든

얼마를 살든
그것은 중요한 것이 아닙니다
중요한 것은
어떻게 사느냐입니다

왜 사느냐고 묻지 마세요
오늘 우리가 살아야 할 이유는
다만 없고
있다면 전부이니까요

마음이
아름다우니
세상이
아름다워라

마음이 고요하니
삶이 고요하여라

스스로 간절히 묻고
스스로 바로 세우니
한가로운 것이 어디 구름뿐이랴

남의 허물을 즐기지 아니하고
남의 탓을 일삼지 아니하니
어진 것이 어디 산뿐이랴

나에게 엄하고
남에게 후하니
모두가 정겨운 내 이웃이요

마음이 따뜻하고
생각이 부드러우니
모두가 소중한 내 벗이로다

천지를 닮은 가슴에 숲이 무성하니

바람도 쉬어가고

새 우짖는 나뭇가지마다

푸른빛이 한창이네

탈도 많고 말도 많은 세상이야

마음 밖의 세상이니

스스로 고요한 자여!

함빡 젖은 이슬 내리는 밤

달 곁에 누운 별이 뉘라서 그대 아니라 할까

마음이
아름다우니
세상이
아름다워라

마음이 아름다우니
세상이 아름다워라

밉게 보면 잡초 아닌 풀이 없고
곱게 보면 꽃 아닌 사람이 없으되
내가 잡초 되기 싫으니
그대를 꽃으로 볼 일이로다

털려고 들면 먼지 없는 이 없고
덮으려고 들면 못 덮을 허물 없으되
누구의 눈에 들기는 힘들어도
그 눈 밖에 나기는 한순간이더라

귀가 얇은 자는
그 입 또한 가랑잎처럼 가볍고
귀가 두꺼운 자는
그 입 또한 바위처럼 무거운 법
생각이 깊은 자여!
그대는 남의 말을 내 말처럼 하리라

겸손은 사람을 머물게 하고
칭찬은 사람을 가깝게 하고
넓음은 사람을 따르게 하고
깊음은 사람을 감동케 하니
마음이 아름다운 자여!
그대 그 향기에 세상이 아름다워라

풀잎 스친 바람에도
행복하라

정직하면 손해 보고
착하면 무시당하는 것이
세상인심이 아니던가
그럼에도 정직하라

뿌린다고 다 열매가 아니듯
열심히 산다고
반드시 잘 사는 것도 아닐 테니
이 또한 세상살이가 아니던가
그럼에도 감사하라

사랑은 흔해도 진실은 드물고
사람은 많아도 가슴이 없을 때
산다는 건 얼마나 고독한 일인가
그럼에도 사랑하라

살아온 날은 고단하고
살아갈 날은 아득해도
사람아, 그럼에도 사람아
풀잎 스친 바람에도 행복하라

마음이
아름다우니
세상이
아름다워라

비우면
행복하리

돈 때문에 건강을 해치지 마라
돈 때문에 사람을 버리지 마라
돈 때문에 양심을 속이지 마라

욕망의 칼은
나를 베고서야 부러지는 법

언젠가 죽음 앞에서
우리가 탐해야 할 그 무엇이 있겠는가
남는 것은 결국
풀포기 작은 무덤 하나뿐…

분수 넘치는 일에 일생이 바쁜 사람이여!
하늘 아래
땅 위에 살면서도
천지간의 이치를 몰라라 하네

마음이
아름다우니
세상이
아름다워라

비우니 행복하고
낮추니 아름다워라

생각에 불만이 없으니
사는 일이 즐겁고
마음에 기쁨이 가득하니
매사에 감사할 뿐이로다

지나침은 부족함만 못하여
질투는 마음을 병들게 하고
욕심은 몸을 쉬 늙게 하리니
스스로 비우는 자는 행복하여라

깊은 것은 물이 되고
얕은 것은 바람이 되니
한 길 마음이 물처럼 흘러
바람에 흔들려도 고요한 물결

지혜로운 자여!
그대는 길을 탓하지 아니하고
현명한 자여!
그대는 굽어 걷지 아니하네

관대한 마음으로
기꺼이 용서하고
겸손한 마음으로
스스로 낮추는 자는 아름다워라

마음이
아름다우니
세상이
아름다워라

당신과 나의 삶이
아름다웠으면 좋겠습니다

헐뜯지 마세요

우리가 깨달아야 할 허물은

제 허물을 모른다는 것이요

우리가 부끄러워해야 할 일은

남부끄러운 줄 모른다는 것입니다

싸우지 마세요

진정한 승리는

싸워서 이기는 것이 아니라

애당초 싸우지 않는 것입니다

한시를 참으면 백날이 편하거늘

화를 삭이는 것이, 곧 덕을 쌓는 것입니다

욕심을 버리세요

인생이 길다 한들 지나는 바람 같고

목숨이 질기다 한들 새벽이슬 같거늘

마음이
아름다우니
세상이
아름다워라

무릇, 떠날 때는 빈손인 것을
무엇을 탐내며, 어디에 쌓아두리

탓하지 마세요
인생이 소설이라면
작가는 독자를 묻지 아니하고
인생이 연극이라면
배우는 관객을 탓하지 않습니다
모든 시작과 끝은
나로 비롯되고 나로 말미암는 것입니다

사랑하세요
사람 대하기를 꽃처럼 하고
마음 베풀기를 향기처럼 하니
보세요
당신과 나의 삶이
이만하면 한 폭의 그림 같지 않습니까

이런 세상이었으면
좋겠습니다

날마다 웃을 일이 많았으면 좋겠습니다
따뜻한 이야기가 잔잔한 감동의 물결로
메마른 가슴을 뭉클하게 할 때
우리들의 삶도 기쁨이 충만할 것입니다

아침마다 만나는 이웃과 동료에게
정겨운 인사를 건네며
입가에 피어나는 싱그런 미소로
하루를 시작할 수 있다면 얼마나 행복할까요

마음이
아름다우니
세상이
아름다워라.

세상은 공해로 얼룩져도
우리들의 마음은 늘 맑고 푸르렀으면
진실과 상식이 통하고
낮은 목소리에도 귀 기울이는 세상이었으면

파아란 하늘 아래 구름 같은 사람들과
헐뜯지 아니하고, 질투하지 아니하고
불평과 불만보다 이해와 양보로
오손도손 살아가는 세상이었으면

하면 된다는 신념으로
두드리면 열린다는 믿음으로
땀 흘린 보람의 대가가
누구에게나 정당하고 공평했으면

착하고 정직한 사람들이 많아

속고 속이는 일이 없었으면

말이 곧 법이요

법이 곧 양심인 세상이었으면

어린이가 보호받고

노인이 대접받는 세상이었으면

조상을 섬기고 그 뜻을 받드는 자손이었으면

뿌리 없이는 그 어떤 나무도 없으며, 또한

꽃도 열매도 없다는 것을 깨달았으면

자식을 사랑하고

부모를 공경하는 세상이었으면, 하여

자식을 버리는 부모가 없고

부모를 버리는 자식이 없었으면…

마음이
아름다우니
세상이
아름다워라

오늘을 위한 기도

칭찬에 기뻐하기보다
충고에 귀 기울이는 마음가짐으로
날마다 새롭게 태어나는 나를 꿈꾸며
내 안의 물살을 조율할 줄 아는
성숙한 오늘이 되게 하소서

거짓과 진실은
당장은 구분하기 어려워도
시간이 흐르면 자연스레
흑과 백이 드러나게 됨을, 하여
늘 곧고 정직한 마음을 지니게 하소서

목소리는 작게, 그러나
아닌 것은 아니라고
단호하게 말할 수 있는 용기
생각의 중심을 바로 세우고
소리와 소음을 가릴 줄 알게 하소서

비록 내가 옳다고 하더라도
묵묵히 기다리며 해답을 구하는 여유와
직접 보고 듣지 않을 것들에 대해서
함부로 말하고 속단하지 않기를
현명한 귀와 어진 입을 갖게 하소서

오만과 편견이
이웃과 벗을 멀게 하고
집착과 아집이
결국 자신을 힘들게 한다는 것을
부디 깨닫게 하소서

마음이
아름다우니
세상이
아름다워라

내일을 위한 기도

내가 하는 일에 자부심을 갖고
비록 보수가 적더라도
남과 비교하지 않게 하시어
진정한 노동의 의미를 깨닫게 하소서

오늘에 만족하기보다
미래를 준비하는 견문을 넓히고
그에 따른 지식을 익히는 노력으로
꿈이 살아 있는 푸른 삶이게 하소서

아무리 화가 나더라도
흥분은 금물이요
누구에게나 어떤 상황에서도
결코 마지막 말은 하지 않도록 하소서

시기와 질투 또는 험담으로
마음을 어지럽히기보다

마음이
아름다우니
세상이
아름다워라

보다 나은 자신을 위해
더욱 고민하고 고뇌하도록 하소서

사치와 낭비로
불필요한 지출을 삼가고
근검절약과 검소한 생활로
내일을 설계할 수 있도록 하소서

과음 과식을 피하고
규칙적인 생활과
꾸준한 운동을 통하여
마음처럼 몸 또한 건강하게 하소서

건전한 문화와 예술, 또는
여행과 취미 생활을 통하여
정서가 메마르지 않게 하시어
항상 윤기 있는 가슴을 지니게 하소서

늘 책을 가까이하여
성숙한 자아를 키우는

지혜의 샘물이 마르지 않게 하시고
보다 높은 인격을 수양하도록 하소서

잠자리에 들기 전에
조용히 하루를 돌아보며
나를 반성하며 가다듬는
묵상의 시간을 갖도록 하소서

오늘 이 하루가
내일의 길잡이가 되게 하시고
나의 이 삶이
훗날 그 누구의 거름이 되게 하소서

마음이
아름다우니
세상이
아름다워라

말이 곧
인품입니다

말은 많아도
들을 말이 없다면
말은 해서 무엇하리

들은 말이라도
다 뱉을 말이라면
생각은 두었다 어디에 쓰리

향기 고운 말은 꽃을 피우고
가시 돋친 말은 상처를 입히니
말은 하되 생각을 먼저 하고
말은 듣되 새겨서 들음이라

하기 쉬운 말이라도
하고 나면 거둘 수 없고

듣기 좋은 말이라도
자꾸 들으면 싫증나는 법

말 많음의 경솔함이여!
말이 많으니 실수가 많고
실수가 많으니 신뢰가 없어라

말이 곧 인품인 것을
나는 그동안
얼마나 많은 말을 무책임하게 해 왔던가

마음이
아름다우니
세상이
아름다워라

작은 관심이
사랑의 시작입니다

꽃의 향기는 바람이 전하고
사람의 향기는 마음이 전하지요
피곤을 덜어주는 차 한 잔의 나눔과
안부를 물어오는 문자 한 통의 관심은
고단한 하루를 행복으로 채워줘요

노인들을 내 부모처럼
아이들을 내 자식처럼
진실로 아끼고 보살필 때
장밋빛 꽃 볼에 하이얀 미소는
백합처럼 아름다운 걸요

무관심이
가난을 원망으로
고난을 절망으로 내모는 것이라면
관심은
그늘을 비추는 햇살이며
어둠을 밝히는 등불입니다

무관심이
사람과 사람 사이
높은 벽을 쌓는 것이라면
관심은
그 벽을 허문 자리에
꽃을 심고 가꾸는 것입니다

무관심은
미움과 증오보다 무서운 것

미움과 증오도
심지어 반응을 이끌어내지만
무관심은
그 반응조차도 없으니까요

아픔과 슬픔에게
따스한 손길이 되어주세요
좌절과 포기에게
희망의 날개를 달아주세요

꿈과 용기를 심어주는
작은 관심이 바로 사랑의 시작입니다

꽃 피는
봄이 오면

꽃 피는 봄이 오면

미움과 불신의 계곡에서

화해의 물소리가 들렸으면 좋겠다

반목과 분열의 숲에서

화합의 새소리가 들렸으면 좋겠다

질투와 험담보다

내면의 종소리에 귀 기울였으면

원망과 불만의 표정에서

환한 웃음이 넘치는 기쁨으로

지혜의 강과 포용의 바다에 이르기까지

크고 작은 나무와 풀처럼

산내들 수많은 물줄기처럼

하나 되어 흐르는 희망이었으면 좋겠다

마음이
아름다우니
세상이
아름다워라

모난 마음은 둥글게 다듬고
생각의 먼지를 털어내면
어느새 열리는 파아란 하늘
겹겹이 불어오는 향긋한 꽃바람
사람마다 가슴마다
봄꽃이 활짝 피었으면 좋겠다

아름다운 마음이
아름다운 세상을 만듭니다

마음이 꽃처럼 아름다운 사람은
말씨에서도 향기가 나고
마음이 햇살처럼 따스한 사람은
표정에서도 온기가 느껴집니다

생각이 물처럼 맑은 사람은
그 가슴에서 물소리가 들리고
생각이 숲처럼 고요한 사람은
그 가슴에서 새소리가 들립니다

모두가 한결같이
아름다운 마음, 아름다운 생각으로
미움의 담을 쌓지 말고
불신의 선을 긋지 않는
동화 속 그림 같은 세상이었으면

마음이
아름다우니
세상이
아름다워라

너와 내가 아닌, 우리라는 이름으로
부족함을 걱정하기보다
넘치는 것을 두려워하며
소유하는 기쁨보다
베풀고 또 베푸는 기쁨을 깨달았으면

풍요로운 물질에도
삶이 고독한 것은
나만 잘 살면 그만이라는
이기주의, 배타주의 때문은 아닐는지

꽃과 나무, 산과 강을 보라
새소리 물소리 바람소리를 들어보라
함께 어울려 아름답지 않은가
자연의 이치가 곧 사람의 이치인 것을

마음이
아름다우니
세상이
아름다워라

봄이 오면
내 가슴에도 꽃이 피네

천지에 봄이 오고
지천에 꽃이 피면
내게도 가꾸고 싶은 뜰 하나 있네

봄비처럼 촉촉한
물빛 고운 가슴으로
소망의 꽃 한 송이 피우고 싶네

초록빛 숨결로
기지개를 켜는 무지갯빛 꿈이여!
풀향기 꽃향기로 아름답고 싶네

밖을 보고
안을 다스리지 못하면
행복을 찾기 어렵고

앞을 보고
뒤를 돌아보지 않으면
지혜를 구하기 어렵다지요

정직의 꽃, 겸손의 향기로
하루를 살더라도
진실한 꽃 마음이고 싶네

마음이
아름다우니
세상이
아름다워라

이 아침의 행복을
그대에게

별들이 놀다간 창가

싱그런 아침의 향기를 마시면

밤새 애태우던 꽃 꿈 한 송이

하이얀 백합으로 피어나

오늘은 왠지 좋은 일이 있을 것만 같아

햇살 머무는 나뭇가지
고운 새 한 마리 말을 걸어와요
행복이란
몸부림이 아니라 순응하는 것이라고
느끼는 만큼 누리고
누리는 만큼 나누는 것이라고

새록새록 잠자던 풀잎들도 깨어나
방긋 웃으며 속삭이는 말
사랑이란
덜어주는 만큼 채워지는 기쁨이야
꽃이 되기 위해 조금 아파도 좋아

눈부신 햇살, 반짝이는 이슬방울아!
내게도 예쁜 꿈 하나 있지
그대 내 마음에 하늘 열면
나 그대 두 눈에 구름 머물까
오늘은 왠지 좋은 일이 있을 것만 같아

마음이
아름다우니
세상이
아름다워라

9월이 오면
들꽃으로 피겠네

9월이 오면
이름 모를 들꽃으로 피겠네
보일 듯 말 듯 피었다가
보여도 그만
안 보여도 그만인
혼자만의 몸짓이고 싶네

그리운 것들은 언제나
산 너머 구름으로 살다가
들꽃향기에 실려 오는 바람의 숨결
끝내 내 이름은 몰라도 좋겠네

꽃잎마다 별을 안고 피었어도
어느 산 어느 강을 건너왔는지
물어보는 사람 하나 없는 것이
서글프지만은 않네

9월이 오면
이름 모를 들꽃으로 피겠네
알 듯 모를 듯 피었다가
알아도 그만
몰라도 그만인
혼자만의 눈물이고 싶네

마음이
아름다우니
세상이
아름다워라

가을엔
따뜻한 가슴을 지니게 하소서

가을엔 마음의 등불 하나 켜 두게 하소서
하루의 아픔에 눈물짓고
이틀의 외로움에 가슴 쓰린
가난해서 힘겨운 나의 이웃이여!
그 가녀린 빛이 무관심의 벽을 넘어
우리라는 이름의 따뜻한 위로가 되게 하소서

가을엔 뜨거운 눈물의 의미를 깨닫게 하소서
나무가 열매를 맺기까지
참아낸 긴 시간들이 알알이 익어갈 때
우리 살아가는 인법도 이와 같아
인내와 믿음과 기다림의 눈물 없이
어떻게 사랑을 말할 수 있으리오

가을엔 따뜻한 가슴으로 기도하게 하소서
같은 비바람을 거치고도

열매를 맺지 못하는 나무와

나무를 떠나 흙으로 돌아가는 낙엽을 위하여

희망을 잃고 방황하는 누구를 위하여

건강을 잃고 신음하는 그 누구를 위하여

가을엔 비움의 지혜를 깨닫게 하소서

오르지 못할 나무를 쳐다보기보다

지는 낙엽의 겸허함을 바라보게 하소서

욕망의 늪은 그 깊이를 모르고

욕심의 끝은 한이 없나니

하늘을, 세상을 원망하기보다

오늘 살아 있음에 감사하게 하소서

마음이
아름다우니
세상이
아름다워라

가을엔 누구와
차 한 잔의 그리움을 마시고 싶다

햇살은 다정해도
바람은 왠지 쓸쓸한 탓일까
가을엔, 낙엽 지는 가을엔
누구와 차 한 잔의 그리움을 마시고 싶다

가을바람처럼 만나
스산한 이 계절을 걷다가
돌계단이 예쁜 한적한 찻집에서
만추의 사색에 젖어들고 싶다

사랑하는 연인이라면
빨간 단풍잎처럼 만나도 좋겠지
은은한 가을 향을 마시며
깊어가는 가슴을 고백해도 좋겠지

굳이 사랑이 아니라도 괜찮아

가을엔, 낙엽 지는 가을엔

노을빛 고운 들창가에 기대어

누구와 차 한 잔의 그리움을 마시고 싶다

마음이
아름다우니
세상이
아름다워라

가을처럼
아름답고 싶습니다

가을에 오는 사람이 있다면
마음의 등불 하나 켜 두고 싶습니다
가을에 가는 사람이 있다면
가장 진실한 기도를 하고 싶습니다

그리하여 가을엔
그리움이라 이름하는 것들을
깊은 가슴으로 섬기고 또 섬기며
거룩한 사랑의 의미를 깨닫고 싶습니다

오고 가는 인연의 옷깃이
쓸쓸한 바람으로 불어와
가을이 올 때마다
조금씩 철이 들어가는 세월

꽃으로 만나
낙엽으로 헤어지는
이 가을을 걷노라면
경건한 그 빛깔로 나도 물들고 싶습니다

그대여!
잘 익으면 이렇듯 아름다운 것이
어디 가을뿐이겠습니까
그대와 나의 사랑이 그러하고
그대와 나의 삶이 그러하지 않습니까

마음이
아름다우니
세상이
아름다워라

당신과 나의 겨울이
따뜻했으면 좋겠습니다

사방의 바람이 병풍처럼 서 있어
햇살도 추운지
집으로 일찍 들어가는 겨울입니다

어디를 둘러봐도
추위와 맞서야 하는 이 겨울엔
당신과 나
가장 낮은 곳으로 걸어갑시다

신과 나는 지금까지

높은 곳을 향하여 걸어왔고
때로는 숨 가쁘게 뛰어왔습니다

당신과 나의 남은 눈물이 있다면
그 눈물도
가장 낮은 곳으로 흘려보냅시다

이 겨울엔
당신과 나의 가슴도
잠시 접어 두기로 합시다

마음이
아름다우니
세상이
아름다워라

머지않아 바로 봄

가슴에서 먼저 꽃 한 송이 피우려면

씨앗 하나 온전히 새가 알을 품듯 품어야 함이니

당신과 나의 가슴도

곱게 접고 접어

신이 당신에게 준

사람의 온기가 식지 않도록 합시다

그리하여 당신과 나의 겨울이

하얗게 눈꽃으로 피어

서로의 영혼을 따뜻이 덮어 줄 때

두꺼운 외투 속으로

추위를 보태는 무게는 더 이상 없을 것입니다

눈처럼 순결하고

그 맑음처럼 티 없는 마음

낮은 곳에서

낮은 곳으로 흘러

당신과 나의 겨울이

사랑하는 사람의

그 가슴처럼 따뜻했으면 좋겠습니다

마음이
아름다우니
세상이
아름다워라

3장.
우리라는 이름의
당신

우리라는 이름의
당신을 만나고 싶습니다

당신과 내가 우리라는 이름으로 만날 때

그것은 마음과 마음이 만나는 것이고

또한 사랑과 사랑이 만나는 것입니다

마음과 마음이 만날 때

세상은 꽃이 되고 별이 되고

사랑과 사랑이 만날 때

우리는 노래가 되고 시가 됩니다

하늘이 파랗고 구름이 아늑한 날

당신과 내가 우리라는 이름으로 만나

차를 마시며 이야기를 나누고

음악을 들으며 서로를 위로할 때

어제의 고달픔은 잊혀지고

내일의 염려는 덜어질 것입니다

사람과 사람 사이가

타인으로 점점 멀어져가는

무관심의 벽이 서글프고

가슴보다 머리로 살아가는

약삭빠른 세상인심이 안타까워도

우리라는 이름, 그 이름 하나만으로도

당신은 내게 기쁨의 물결로 파도칩니다

꽃은 계절이 오면 어김없이 피어도

우리의 삶은 늘 꽃처럼 필 수는 없는 것

마음은 봄이라도 현실이 춥기만 할 때

멀쩡하던 하늘의 비와

예고 없는 이 땅의 바람으로

오늘의 삶이 슬픔과 괴로움에 빠질 때

우리라는 이름,

따뜻한 그 이름의 당신을 만나고 싶습니다

우리라는 이름의
당신이 좋아요

'우리 오늘 만날까?'라는
당신의 목소리가
산들산들 바람 향기로 스쳐올 때
설레는 내 가슴엔
빠알간 꽃봉오리가 맺혀요

우리라는 이름의 당신을 만날 때면
강변엔 바람
내 마음엔 꽃바람
하늘빛 강물엔 행복이 출렁이죠
만남의 기쁨이란 이렇듯 좋은걸요

파아란 잔디밭에 앉아
도란도란 이야기꽃을 피우면
안개 낀 하루는 어느덧 사라지고
풀꽃 핀 언덕엔 아지랑이 햇살
당신의 눈망울에 꽃구름이 예뻐요

'우리 차 한 잔 할까' 라는
마음과 마음이 생각으로 통할 때
보랏빛 향기 그윽한 찻잔엔
미소 한 모금의 위로가 머물고
사랑 한 모금의 정겨움을 느껴요

언제나 진실한 빛, 그 고운 빛으로
당신과 나, 산새들이 지저귀는
우정의 푸른 숲을 가꾸기로 해요
가끔, 노란 카나리아가 되어
그 숲에서 우리 만났으면 좋겠어요

아침 같은 당신이 있어
행복합니다

날마다 내 창을 다녀가는 햇살처럼

환한 미소의 당신이 있어 행복합니다

소망의 빛으로 잠자는 나를 깨우는 당신

하루의 기쁨으로 눈을 뜨면

꽃밭 가득 피어나는 행복

당신은 새벽안개 걷힌 희망의 뜰입니다

날마다 숲 속에서 불어오는 바람처럼
고요한 물결의 당신이 있어 행복합니다
생각처럼 살아지지 않는 일상에도
세월의 물살에 휩쓸리는 하루에도
물처럼 흐르는 당신의 기도로
나는 새롭게 태어나는 용기를 얻습니다

날마다 내 안에서 꿈을 키워주는
아침 같은 당신이 있어 행복합니다
당신의 향기로 숨을 쉬고
당신의 사랑으로 피어나는 꽃
나는 별처럼 고운 백합이어라
그때 살며시 내 손을 잡아도 좋겠어요

닫힌 마음의 창문을 열어요. 그리고
참 고운 당신의 목소리에 귀 기울여요
꿈이 자라는 신비의 꽃잎마다
지지배배 들려오는 새들의 노랫소리
하늘은 푸르고 구름은 아늑해요
그때 내 뺨에 당신의 입술이 스쳐도 좋겠어요

우리라는
이름의
당신

햇살같이 고운 당신이 있어
행복합니다

오늘도 참 고마운 햇살
약속하지 않아도 약속처럼 다가와
'일어나라, 일어나라'
새로운 희망으로 나를 흔들어 깨우는
햇살같이 고운 당신이 있어 행복합니다

어둡던 상념은 어느덧 사라지고
환한 웃음으로 하루의 창을 열어주는
당신이 보내준 파랑새의 날갯짓으로
훨훨 날 수 있는 자유 같은 용기
걸어가는 이 길이 힘들지 않습니다

누구나 완전할 수 없기에
우리는 언제나 영원한 반쪽이지요
그 반쪽 가슴을
따스한 빛으로 밝혀주는

당신의 보석 같은 사랑에 감사합니다

당신이 힘들고 지칠 때
나도 당신의 햇살이 될 수 있을까요
당신이 쉴 수 있는 햇살 같은 의자
당신이 잠들 수 있는 햇살 같은 이불
당신이 느낄 수 있는 햇살 같은 행복

날마다 당신이 내게 비춰주는
그 포근한 햇살을 가슴 깊이 담았다가
어느 날 당신이 문득
가을처럼 쓸쓸하고 겨울처럼 추울 때
더욱 따스한 햇살로 돌려 드리고 싶습니다

우리라는
이름의
당신

당신에게
이런 사랑이고 싶습니다

말은 닫고 소리는 열어
가슴의 폭을 넓히고 싶습니다
마음의 집에 신선이 살면
생각의 창가엔 구름이 흐르겠지요

하늘을 바라보기에
눈이 하늘만 할 필요는 없듯이
당신을 헤아리기에
마음 하나면 족하지 않습니까

온유한 사랑으로
미움을 키우지 않으며
실천 없는 말만 무성하여
믿음의 둑이 무너지지 않도록
오직 그 진실한 향기만을 섬기겠습니다

오, 스르르 눈 감으면

천상의 빛으로 다가오는 당신이여!

달빛 같은 그 품에서

별빛으로 잠들고 싶은 것은

새벽이슬 같은 꿈이 있기 때문입니다

하늘 푸르고 산새 소리 고운 날

풀잎 스친 바람의 손을 잡고

희망의 푸른빛으로 오십시오

하루에 지친 당신을 위해

따뜻한 햇살 의자를 마련해 두겠습니다

우리라는
이름의
당신

오늘 힘들어하는
당신에게

오늘 힘들어하는 당신에게

마음 한 잔의 위로와

구름 한 조각의 희망과

슬픔과 외로움을 나눌 수 있는

따뜻한 사랑의 메시지를 전하고 싶습니다

살아가는 동안

좋은 날만, 좋은 일만 있다면

삶이 왜 힘들다고 하겠는지요

더러는 비에 젖고 바람에 부대끼며

웃기도 울기도 하는 것이 우리네 인생이지요

내 마음 같지 않은 세상이라도

내 마음 몰라주는 사람들이라도

부디 원망의 불씨는 키우지 말고

그저 솔바람처럼 살다 보면

언젠가는 사철 푸른 소나무를 닮아있겠지요

오늘 힘들어하는 당신

잘 사귀면 바람도 친구가 됩니다

인내와 손을 잡으면 고난도 연인이 됩니다

세월은 멈추는 법이 없어도

당신이 걷지 않으면 길은 가지 않습니다

힘내세요

용기를 가지세요

당신의 평안을 기도합니다

꿈이 있는 당신은
늙지 않습니다

'이 나이에 뭘 하겠어'라는 말을
나는 좋아하지 않습니다

이 말은 왠지
그 무엇인가를 포기한다는
그런 의미인 듯싶어
나는 이 말을 좋아하지 않습니다

'이 나이에 뭘 하겠어'라며 살아가기엔
남은 세월이 너무 길지 않은가요
'이 나이에 뭘 하겠어'라며 살아간다면
어쩌면, 삶은
맹목적일 수 있으며
타성이 될 수도 있습니다

우리라는
이름의
당신

나이를 먹어도
녹슬지 않는 정신세계
얼마나 아름답습니까
얼마나 위대합니까

이상의 끈을 놓지 마세요
무엇이 두렵습니까
두려움 없는 바람처럼
어디든 불어가세요

당신이 바람이 되어
어디든 불어간다면
못 갈 곳이 어디 있겠습니까

저 산 너머 초원의 땅으로
저 구름 지나 하늘까지
바람의 새가 되어
두려움 없이 날아갈 때
꿈이 있는 당신은 늙지 않습니다

우리라는
이름의
당신

당신이 있어
세상은 아름답습니다

꽃이 아름다운 것은

꽃을 바라보는

당신의 마음이 아름답기 때문입니다

기쁨을 나누는 당신의 미소는

빨간 장미를 닮았고

슬픔을 나누는 당신의 눈물은

하얀 백합을 닮았습니다

한결같은 사랑의 꽃잎으로

당신의 꽃밭은 사계절 지지 않습니다

미움 앞에서는

하늘이 구름을 품는 마음으로

아픔 앞에서는
바다가 파도를 다스리는 마음으로
고결한 꽃잎마다 성숙한 향기
당신이 있어 삶은 행복으로 채워집니다

세상을 믿을 수 없다고
사람을 믿을 수 없다고
우리는 늘 그렇게 말하며 투정을 합니다
모두가 믿을 수 없다는 세상을
믿음 하나로 진실 되게 살아가는
당신이 있어 세상은 살 만한 기쁨이 있습니다

별처럼 빛나는 당신의 눈 속에
고요히 맺히는 한 방울의 이슬은
아름다운 세상
아름다운 삶을 위한
당신의 간절한 기도인 줄 압니다
세상이 아름다운 것은
세상을 바라보는
당신의 마음이 아름답기 때문입니다

우리라는
이름의
당신

우리라는 이름만으로도
행복하여라

만남에 이익을 구하지 아니하니
진실로 반갑고
헤어짐에 보고픔이 가득하니
한결같은 우애로다

말로써 상처를 입히지 아니하니
사려 또한 깊고
돌아서서 헐뜯지 아니하니
고맙기 그지없어라

나누는 일에 인색하지 아니하니
천심이 따로 없고
베푸는 일에 이유가 없으니
그 또한 지심이로다

처음과 끝이 같지 아니하면
풀잎 같은 인연에도 바람이 일 것이요
겉과 속이 같지 아니하면
바위 같은 믿음에도 금이 가리라

모름지기
가다듬고 바로 세우는 일은
평생을 두고도 다 못 하나
사람의 향기만은 간직하고 싶을 때

손에 손을 잡고
마음과 마음을 나누는
우리라는 이름,
그 이름만으로도 행복하여라

우리라는
이름의
당신

어버이날에 띄우는
카네이션 편지

내 안에서 늘 기도로 사시는
큰 사랑의 당신 앞에서는
나이를 먹어도 철부지 아이처럼
나는 언제나 키 작은 풀꽃입니다

당신의 손길이 실바람처럼 불어와
꽃송이 쓰다듬으며 머무시는 동안
당신께 다하지 못한 아쉬움의 눈물
여린 꽃잎 사이로 뜨겁게 흘러내립니다

나의 삶에 꽃씨를 뿌리고
당신은 흙이 되셨지요
나의 가슴에 별을 심고
당신은 어둠이 되셨지요

내가 파도로 뒤척일 때
고요한 바다가 되어 주시는 아버지
내가 바람으로 불 때
아늑한 숲이 되어 주시는 어머니

오늘은 어버이날
한 송이 카네이션의 의미를
그 붉은 꽃 빛의 의미를
정녕 가늠할 수 있을까요

다하지 못한 이 불효를 용서하세요
세월에 주름진 당신의 가슴으로
은혜의 꽃 한 송이
빨간 카네이션 편지를 띄웁니다

우리라는
이름의
당신

오늘은 어머니가
한없이 그립습니다

손 내밀면

해님처럼 따스하던 어머니

다가서면

열두 폭 가슴으로 안아주던 어머니

나이를 먹어도

자식은 자식이고

부모는 부모인가 봅니다

내 자식 섭섭해도

어머니 섭섭한 줄 몰랐으니까요

내 자식 소중해도

어머니 소중한 줄 뒤늦게야 알았습니다

자식의 안부조차

기약 없는 바람의 편지였지요

기다림에 기다림에
하염없이 저녁 해만 바라보다
개여울 물소리에 흘려보낸 한숨

하얀 구름이 그리워
천국의 하늘 새가 되셨나요
지친 세월이 힘겨워
고요히 날개를 접으셨나요

홀로 지키던 당신의 어둠이
함뿍 젖은 이슬로 내리는 밤이면
유난히 빛나는 별 하나
당신의 눈물인 줄 압니다

그립습니다
오늘은 어머니가 한없이 그립습니다
꿈에라도 뵈올까 찾아본 고향 집엔
장독대 빈 항아리만 뎅그러니 앉았어라

사랑하는 어머니,
나의 어머니

축복의 어머니
당신의 눈물이 보석이 되어
나의 삶에 진주처럼 빛날 때
나의 눈물도 당신처럼
먼 훗날 영롱하게 빛날 수 있을까요

은혜의 어머니
당신의 눈물이 씨앗이 되어
나의 삶에 꽃처럼 피어날 때
나는 꽃 피는 아픔조차 참아낼 수 없어
바람처럼 하염없이 떠돌 때가 있습니다

희망의 어머니
당신의 바다에 멈추지 않는 파도는
하얗게 부서지는 인고의 세월인가요

그러고도 웃으시는
당신의 하늘을 바라보면
흘러가는 흰 구름은 평화롭기만 합니다

사랑의 꽃으로
용서의 잎으로
인내의 뿌리로
행복의 나무를 가꾸시는
사랑하는 어머니, 나의 어머니
당신의 대지에 거룩한 이 흙내음은
누구의 삶을 위한 희생의 거름입니까

우리라는
이름의
당신

어머니,
당신이 있어 행복합니다

해가 지면 달이 뜨고

달이 지면 해가 뜨듯 살아오신 어머니

평생을 두고도 다 못 갚을 은혜이건만

마음은 있어도 실천하지 못하는

이 자식을 용서하세요

위를 보고 아래를 보지 못하면

불만이 싹틀 것이고

높이를 알고 깊이를 알지 못하면
덕을 쌓을 수 없다고 하셨지요

혼자 소유하는 부는 외롭고
함께 나누는 부는 의롭다고 하셨지요
행복할수록, 풍요로울수록
주변의 그늘을 돌보라고 하셨지요

어제는 마음의 교훈을 주시고
오늘은 삶의 철학을 일러주시는 어머니
어머니의 마르지 않는 지혜의 샘물은
오랜 세월이 흘러도 제 가슴을 적십니다

어머니라는 이름 앞에
정녕 당신의 이름을 잊어야 했던
희생의 세월, 카네이션 그 붉은 꽃잎을 닮은
숭고한 사랑의 어머니

이 한마디 고백하고 싶습니다
당신의 자식으로 태어남이 축복이고
당신의 자식으로 살아감이 행복합니다

우리라는
이름의
당신

어머니,
당신이 그리운 날에는

꿈에도 잊을 수 없어
꿈을 꾸는
그 숲에는
구름 같은 어머니가 살고 계시죠

나무와 나무 사이로
하얀 햇살이 비치는
그 숲에는
돌아와 지저귀는 새와
약속처럼 피는 꽃과
부드런 바람과 푸른 잎새들
지친 삶의 가지마다
한아름 품에 안기는 평온함이여!

그 숲에는
너무 오래된 꿈이 살고 있죠

그 언젠가 부르던

별들의 노래와 꽃들의 웃음소리

착한 아이의 머리를 쓰다듬어 주시던

그 숲에는

햇살 같은 어머니가 살고 계시죠

먼 세월의 뒤안길에도

아련히 들려오는 솔바람 같은 그 목소리

귀를 막아도

귀를 막아도 들려옵니다

우리라는
이름의
당신

어머니께 드리는
가을 편지

한 해의 삶이 익어갈 무렵이면
가을 하늘빛 어머니
당신의 마음이 구름처럼 흘러갑니다

알뜰히 가꾼 삶의 나무에서
가장 아름다운 열매를 따서
어머니, 당신께 드리고 싶습니다

꽃길을 걸을 때면 향기가 되고 싶었고
숲길을 걸을 때면 나무가 되고 싶었던
봄 여름이 지나고

수채화 같은 들길을 걸어
어머니, 당신 곁으로 가고 싶습니다

홀로 익은 듯해도
제 뜰에는 당신의 눈물이 일렁이고
홀로 이룬 듯해도
제 삶에는 당신의 가슴이 묻혀 있습니다

그런데 어머니, 당신은 왜
꽃과 열매는 다 내어주시고
여름처럼 겨울처럼 살아가십니까
가을이 오면 왜 낙엽 먼저 쓸어안으십니까

무엇보다 어머니, 당신은 왜
아침뿐 아니라
한밤중에도 저를 흔들어 깨우십니까

우리라는
이름의
당신

어머니께 드리는
눈꽃 편지

구름이 종일 머문다 한들
하늘이 마다하겠습니까
나무가 평생 자란다 한들
땅이 마다하겠습니까

어머니, 당신 역시 하늘처럼 땅처럼
저의 모든 것을 품어주시고
그 무엇도 헤아려주시는
당신은 평화와 고요의 나라이십니다

열심히 산다고 살아도
허술하기 짝이 없는
삶의 집, 그 지붕 위로

오늘은 당신의 은혜처럼
하얀 눈꽃이 탐스럽게 내립니다

어느 잎인들
당신의 마음이 닿지 않을 것이며
어느 뿌리인들
당신의 가슴을 떠날 수 있을까요마는

어느 하루인들
숭고한 그 사랑 가늠치 못하니
어머니, 당신이 아니고선
태어날 수 없는 자식이란 무엇인가요

마른 가지마다
하얀 기도로 덮고 또 덮어주시는
눈꽃 같은 어머니, 이 겨울
당신을 닮은 그 고결한 꽃잎으로
따뜻한 감사의 편지를 전하고 싶습니다

아버지의 눈물

남자로 태어나 한평생 멋지게 살고 싶었다
옳은 것은 옳다고 말하고
그른 것은 그르다고 말하며
떳떳하게 정의롭게
사나이답게 보란 듯이 살고 싶었다

남자보다 강한 것이 아버지라 했던가
나 하나만을 의지하며 살아온 아내와
눈에 넣어도 아프지 않을 자식을 위해
나쁜 것을 나쁘다고 말하지 못하고
아닌 것을 아니라고 말하지 못하는 것이 세상살이더라

오늘이 어제와 같을지라도
내일은 오늘보다 나으리란 희망으로
하루를 걸어온 길 끝에서
피곤한 밤손님을 비추는 달빛 아래
쓴 소주잔을 기울이면
소주보다 더 쓴 것이 인생살이더라

변변한 옷 한 벌 없어도
번듯한 집 한 채 없어도
내 몸 같은 아내와
금쪽같은 자식을 위해
이 한 몸 던질 각오로 살아온 세월
애당초 사치스런 자존심은 버린 지 오래구나

하늘을 보면 생각이 많고

땅을 보면 마음이 복잡한 것은

누가 건네준 짐도 아니건만

바위보다 무거운

무겁다 한들 내려놓을 수도 없는

힘들다 한들 마다할 수도 없는 짐을 진 까닭이다

그래서 아버지는

울어도 소리가 없고

소리가 없으니 목이 메일 수밖에

용기를 잃은 것도

열정이 사라진 것도 아니건만

쉬운 일보다 어려운 일이 더 많아

살아가는 일은 버겁고

무엇하나 만만치 않아도

책임이라는 말로 인내를 배우고

도리라는 말로 노릇을 다할 뿐이다

그래서 아버지는
울어도 눈물이 없고
눈물이 없으니 가슴으로 울 수밖에

아버지가 되어본 사람은 안다
아버지는 고달프고 고독한 사람이라는 것을
아버지는 가정을 지키는 수호신이기에
가족들이 보는 앞에서
약해서도 울어서도 안 된다는 것을
그래서 아버지는 혼자서 운다
아무도 몰래 혼자서 운다
하늘만 알고
아버지만 아는

아버지의 행복

살아온 세월이야
말을 하자면 소설을 쓰겠지만
그래도 행복할 수 있는 것은
사랑하는 아내와 자식이 있기 때문이다

알뜰하게 살아주고
반듯하게 자라주니
태산 같은 걱정 근심에도
모락모락 피어오르는 안개꽃 같은 행복

좋은 집에
좋은 차에
좋은 음식에
잘살고 싶은 마음이야 누군들 없겠는가 마는

쉽게 얻은 재물은 그 가치를 모르고
쉽게 오른 자리는 제 분수를 모르는 법

우리라는
이름의
당신

가진 것은 없어도 건강하니 행복하고
출세는 못 했어도 마음 편하니 행복하여라

더 살아보면 안다
진실로 행복한 것은
달도 별도 하늘도 아니라는 것을
내가 소유한 모두가 당연하다고
지극히 당연한 것이라고 여길 때
그때부터 오만은 시작되지

욕심을 버려라
아침마다 눈부신 햇살을 맞이하고
저녁마다 돌아와 다시 만나는
우리집 우리가족
행복이란 찾는 것이 아니라 느끼는 것이다
가지려는 욕심이 아니라 가진 것의 만족이다

내 나이가 되어보면 안다
진실로 행복한 것은
세상 그 무엇도 아닌 사람이라는 것을
바로 살아 있는 사람이라는 것을…

우리라는
이름의
당신

4장.
한 해,
사랑을 꿈꾸다

또 한 해가
밝아옵니다

나쁜 것은 다 잊어버리고
좋은 것만 기억하라며
별빛 머금은 아침이슬처럼
또 기쁨의 한 해가 밝아옵니다

그 어떤 시련도
지나고 나면 과정일 뿐이라고
봄빛 고운 풀잎의 햇살처럼
또 희망의 한 해가 밝아옵니다

조금 더 이해한다고
손해 볼 것은 없습니다
한 걸음 물러선다고
뒤처지는 것도 아닙니다

양보하는 삶이야말로

진정 풍요롭고 평온한 삶인 것을

사랑만 하기에도 부족한 한 해

누구를 미워하고 누구를 원망할 것인가요

비 그친 뒤 무지갯빛 하늘처럼

또 은총의 한 해가 밝아오면

용서의 마음으로 화해의 손을 잡고

믿음의 가슴으로 사랑의 문을 열어둡시다

그대와 나, 그리고 우리

또 축복의 한 해가 밝아오면

한마음 한뜻으로, 따뜻한 세상

살기 좋은 세상으로 만들어 갑시다

다시 거룩한 계절이 오고

숭고한 빛이 온 누리를 비출 때

우리 모두 한 해를 회상하며

행복의 합창, 환희의 노래를 부릅시다

은혜의 두 손으로 감사의 기도를 올립시다

새해엔
이렇게 살게 하소서

날마다 찾아오는 아침이라도
밤마다 이슬 같은 꿈을 꾸며
할 수 없는 일보다
할 수 있는 일이 더 많도록
희망과 용기를 잃지 않게 하소서

어떤 일이든지
결과보다 과정의 소중함을 느끼게 하여
설령 노력의 대가가 없을지라도
포기하지 않는 꿋꿋함으로
내가 하는 일에 자부심을 갖도록 하소서

남과 비교하지 말며
크든 작든 나의 삶에 만족하며
나는 나일 뿐이라는
자아를 성찰하는 자세로
일상의 소박한 것들에 감사하게 하소서

겸손과 친절로써
마음의 꽃잎이 부드럽고
생각의 향기가 아름다워
누구나 함께 하고 싶은 사람
누구에게나 환영받는 사람이 되게 하소서

한 해,
사랑을
꿈꾸다

벗이 슬플 때
함께 슬퍼할 줄 알고
이웃이 아플 때
함께 아파할 줄 아는 사람
그들과 늘 변함없는 우정으로 살게 하소서

도움을 줄 때엔 말없이
도움을 받았을 때엔
그 감사함을 잊지 않게 하시어
나도 누구를 도와 줄 수 있는
햇살같이 따뜻한 가슴을 지니게 하소서

보석 같은 시간을
한순간이라도 헛되이 보내지 말며
오늘 뿌린 씨앗이 내일의 숲에
나무가 되고 잎이 되어
한 해의 삶이 기쁨의 열매로 가득하게 하소서

한 해,
사랑을
꿈꾸다

새해의 우리,
이랬으면 좋겠습니다

산이 높아야 골이 깊고
골이 깊어야 나무가 곧을 터
어른은 어른답고
아이는 아이다웠으면

나무는 숲을 닮고
물은 강을 닮을 터
스승은 스승답고
제자는 제자다웠으면

나무처럼 정직하고
물처럼 투명하여
정치인은 정치인답고
경제인은 경제인다웠으면

비우니 고요하고
고요하니 평온할 터
여유로운 마음이었으면
몸 또한 건강했으면

일터가 많이 생겨
노는 사람이 없었으면
하루하루 자부심으로
사는 일이 즐거웠으면

꽃처럼 웃고
새처럼 노래하고
구름처럼 자유롭고
하늘처럼 평화로웠으면

한라에서 백두까지
우리 모두 행복했으면
우리 사는 이 땅이
지상의 낙원이었으면

한 해,
사랑을
꿈꾸다

일 년 열두 달
꿈꾸는 사랑

1월에 꿈꾸는 사랑

인연이 만날 땐 꽃으로 피었다가
인연이 헤어질 땐 낙엽으로 저물지요
오는 사람은 석 달 열흘 오더라도
가는 사람은 하루아침에 가더이다

진달래 아득하고 철새도 떠나버린
이 풍진 세상, 앙상한 나뭇가지
새하얀 눈이 내리면
인생 구만리 하늘에서 땅으로
수많은 인연이 머물다간 자리마다
하얗게 피어나는 눈꽃, 눈꽃송이

덮어주는 저 온기는 사랑의 가슴이요
쌓여가는 저 무게는 그리움의 몸짓이라

오, 당신과 내가

다한 인연인 듯싶어도

어느 세월

어느 바람으로, 또 만날지 누가 알리오

만나고 헤어지는

인법의 굴레 속에서도, 부디

당신과 나의 아름다운 인연의 향기

처음과 끝이 같았으면 좋겠네

그때, 우리 예쁜 뜨락에

고운 발자국 하나씩 남기기로 해요

2월에 꿈꾸는 사랑

봄이 오면 나도
예쁜 꽃 한 송이 피우고 싶어
어울려 피는 꽃이 되어
더불어 나누는 향기이고 싶어

용서의 꽃은
돌아선 등을 마주보게 하고
이해의 꽃은
멀어진 가슴을 가깝게 하지

겸손의 꽃은
다가선 걸음을 머물게 하고
칭찬의 꽃은
마음을 이어주는 기쁨이 되지

나눔의 꽃은
생각만 해도 행복한 미소
배려의 꽃은
바라만 봐도 아름다운 풍경인걸

사랑과 믿음의 빛으로
내가 어디에 있건
환히 나를 비추는 당신
햇살같이 고마운 당신에게
감사의 꽃도 잊어선 안 되겠지

한 해,
사랑을
꿈꾸다

3월에 꿈꾸는 사랑

꿈을 꾸고
그 꿈을 가꾸는 당신은
여린 풀잎의 초록빛 가슴이지요

소망의 꽃씨를 심어둔
삶의 뜨락에
기도의 숨결로 방긋 웃는 꽃망울

하얀 언덕을 걸어
햇빛촌 마을에 이르기까지
당신이 참아낸
인내의 눈물을 사랑해요

고운 바람에게
따스한 햇살에게
아늑한 흙에게 감사해요
희망의 길을 열어가는 당신에게도

사랑한다는 말은

마음의 꽃 한 송이 피워내는 일

그 향기로 서로를 보듬고 지켜주는 일

감사하다는 말은

심연의 맑은 물소리

그 고요한 떨림의 고백 같은 것

행복의 뜰이

활짝 핀 봄을 맞이할 때

그때, 당신의 뜰로 놀러 갈게요

아지랑이 옷 입고, 나비처럼 날아서…

4월에 꿈꾸는 사랑

4월엔 그대와 나
알록달록 꽃으로 피어요
빨강꽃도 좋고요
노랑꽃도 좋아요

빛깔도 향기도 다르지만
꽃 가슴 가슴끼리 함께 피어요
홀로 피는 꽃은 쓸쓸하고요
함께 피는 꽃은 아름다워요

인연이 깊다 한들
출렁임이 없을까요
인연이 곱다 한들
미움이 없을까요

나누는 정
베푸는 사랑으로
생각의 잡초가 자라지 않게
불만의 먼지가 쌓이지 않게

햇살에 피는 꽃은
바람에 흔들려도
기쁨의 향기로 고요를 다스려요
꽃잎 속에 맑은 이슬은 기도가 되지요

4월엔 그대와 나
알록달록 꽃으로 피어요
진달래도 좋고요
개나리도 좋아요

5월에 꿈꾸는 사랑

꽃들은 서로 화내지 않겠지
향기로 말하니까
꽃들은 서로 싸우지 않겠지
예쁘게 말하니까
꽃들은 서로 미워하지 않겠지
사랑만 하니까

비가 오면 함께 젖고
바람 불면 함께 흔들리며
어울려 피는 기쁨으로 웃기만 하네
더불어 사는 행복으로 즐겁기만 하네

꽃을 보고도 못 보는 사람이여
한철 피었다 지는 꽃들도
그렇게 살다 간다네
그렇게 아름답게 살다 간다네

한 해,
사랑을
꿈꾸다

6월에 꿈꾸는 사랑

사는 일이 너무 바빠
봄이 간 후에야 봄이 온 줄 알았네
청춘도 이와 같아
꽃만 꽃이 아니고
나 또한 꽃이었음을
젊음이 지난 후에야 젊음인 줄 알았네

인생이 길다 한들
천년만년 살 것이며
인생이 짧다 한들
가는 세월 어찌 막으리

봄은 늦고 여름은 이른
6월 같은 사람들아
피고 지는 이치가
어디 꽃뿐이라 할까

7월에 꿈꾸는 사랑

하찮은 풀 한 포기에도
뿌리가 있고
이름 모를 들꽃에도
꽃대와 꽃술이 있지요
아무리 작은 존재라 해도
갖출 것을 다 갖춰야 비로소 생명인걸요

뜨거운 태양 아래
바람에 흔들리며 흔들리며
소박하게 겸허하게 살아가는
저 여린 풀과 들꽃을 보노라면
살아 있는 모든 것들은
견딜 것을 다 견뎌야 비로소 삶인걸요

대의만이 명분인가요
장엄해야 위대한가요
힘만 세다고 이길 수 있나요

저마다의 하늘을 열고

저마다의 의미를 갖는

그 어떤 삶도 나름의 철학이 있는걸요

어울려 세상을 이루는 그대들이여!

저 풀처럼 들꽃처럼

그 누가 알아주지 않아도

그 무엇 하나 넉넉하지 않아도

이 하루 살아 있음이 행복하고

더불어 자연의 한 조각임이 축복입니다

한 해,
사랑을
꿈꾸다

8월에 꿈꾸는 사랑

여름 하늘은 알 수 없어라
지나는 소나기를 피할 길 없어
거리의 비가 되었을 때
그 하나의 우산이 간절할 때가 있지

여름 해는 길기도 길어라
종일 걸어도
저녁이 멀기만 할 때
그 하나의 그늘이 그리울 때가 있지

날은 덥고
이 하루가 버거울 때
이미 강을 건너
산처럼 사는 사람이 부러울 때도 있지

그렇다 해도
울지 않는다
결코 눈물 흘리지 않는다

오늘은 고달파도

웃을 수 있는 건

내일의 열매를 기억하기 때문이지

9월에 꿈꾸는 사랑

날개는 지쳐도
하늘을 보면 다시 날고 싶습니다
생각을 품으면 깨달음을 얻고
마음을 다지면 용기가 생기겠지요

단 한 번 주어지는 인생이라는 길
시작이 반이라고는 하지만
끝까지 걷지 않으면
무슨 의미가 있겠습니까

세상에 심어놓은 한 송이, 한 송이의 꿈
어느 들녘에서, 지금쯤
어떤 빛깔로 익어가고 있을까요
가슴은 온통 하늘빛으로 고운데

낮아지는 만큼 깊어지는 9월
한층 겸허한 모습으로
내 아름다운 삶이여! 훗날
알알이 탐스런 기쁨의 열매로 오십시오

한 해,
사랑을
꿈꾸다

10월에 꿈꾸는 사랑

운명이란 걸 믿지 않았기에
인연으로 생각하지 않았습니다
영원을 알 수 없었기에
순간으로 접었습니다

스치는 바람인 줄 알았기에
잡으려 애쓰지도 않았습니다
머문다는 것 또한
떠난 후에 남겨질 아픔인 줄 알기에
한시도 가슴에 담아 두지 않았습니다

그러나 이제는 숨바꼭질하듯
그대가 나를 찾지 않아도
만날 수 있는 10월의 거리로 가겠습니다
꿈을 꾸듯
그대를 부르며 달려가겠습니다

추운 겨울이 오기 전에
가슴을 활짝 열고

가을 숲 그대 품에서

10월의 사랑을 꿈꾸고 싶습니다

아름다운 인연으로 말입니다

한 해,
사랑을
꿈꾸다

11월에 꿈꾸는 사랑

천 번을 접은 가슴 물소리 깊어도
바람소리 깃드는 밤이면
홀로 선 마음이 서글퍼라

청춘의 가을은 붉기만 하더니
중년의 가을은 낙엽 지는 소리
옛가을 이젯가을 다를 바 없고
사람 늙어감에 고금이 같거늘
나는 왜, 길도 없이
빈 들녘 바람처럼 서 있는가

모든 것이 그러하듯
영원한 내 소유가 어디 있을까
저 나무를 보라
가만가만 유전을 전해주는
저 낙엽을 보라

그러나
어느 한순간도

어느 한 사람도

살아감에 무의미한 것은 없으리

다만 더 낮아져야 함을 알 뿐이다

한 해,
사랑을
꿈꾸다

12월에 꿈꾸는 사랑

12월엔 그대와 나
따뜻한 마음의 꽃씨 한 알
고이고이 심어두기로 해요
찬바람 언 대지
하얀 눈 꽃송이 피어날 때
우리도 아름다운 꽃 한 송이
온 세상 하얗게 피우기로 해요

이해의 꽃도 좋고요
용서의 꽃도 좋겠지요
그늘진 외딴 곳
가난에 힘겨운 이웃을 위해
베풂의 꽃도 좋고요
나눔의 꽃도 좋겠지요

한 알의 꽃씨가
천 송이의 꽃을 피울 때
우리 사는 이 땅은
웃음꽃 만발하는 행복의 꽃동산

생각이 기도가 되고
기도가 사랑이 될 때
사람이 곧 빛이요 희망이지요

홀로 소유하는 부는 외롭고
함께 나누는 부는 의로울 터
말만 무성한 그런 사랑 말고
진실로 행하는 온정의 손길로
12월엔 그대와 나
예쁜 사랑의 꽃씨 한 알
가슴마다 심어두기로 해요

한 해,
사랑을
꿈꾸다

또 한 해가
저물어 갑니다

사랑보다 찬란한 보석이 없음을
정녕 모르는 것은 아니지만
누구를 미워한 날이 더 많았던
또 한 해가 저물어 갑니다

믿음보다 진실한 빛이 없음을
가슴으로 새기고 새겼어도
불신의 늪으로 높은 울타리만 쌓았던
또 한 해가 저물어 갑니다

용서보다 아름다운 향기가 없음을
진실로 깨닫지 못하고
반목의 싸늘한 바람만 불어왔던
또 한 해가 저물어 갑니다

한 해,
사람을
꿈꾸다

비우고 낮추라는 말이
정녕 옳은 줄은 알지만
부질없는 욕심의 씨앗만 키워왔던
또 한 해가 저물어 갑니다

잘못을 인정하기보다
변명으로 포장한 고집과 아집으로
고요한 자성의 목소리를 잃어버린
또 한 해가 저물어 갑니다

끝내 용서하지 못하고
끝내 홀로인 고독의 외딴방으로
어리석게도 스스로 자신을 가둬버린
또 한 해가 저물어 갑니다

나만 잘 살고
나만 행복하면 그만이라는
불치의 이기심을 버리지 못한 채
또 한 해가 저물어 갑니다

서로의 다름을 이해하지 못하고
뒤돌아서 당신을 비난했던
슬기롭지 못한 나를 용서하세요
지혜롭지 못한 나를 용서하세요

12월의 창문을 열고 하늘을 보니
곧 하얀 눈이 펑펑 올 것 같습니다
그때, 내 마음의 천사도 함께 왔으면
오늘은 왠지 하얀 눈길을 걷고 싶습니다

한 해,
사랑을
꿈꾸다

한 해,
당신의 사랑에 감사합니다

늘 슬기롭지 못한 저에게

'괜찮다 괜찮다' 하시며

바위처럼 든든한 손으로

토닥토닥 등을 토닥여 주시는

아버님의 하늘같은 사랑에 감사합니다

나이를 먹었어도

때때로 어른스럽지 못한 저에게

차근차근 사람됨을 일러주시며

위로와 격려를 아끼지 않으시는

어머님의 자상한 보살핌에 감사합니다

더울 때나 추울 때나

기쁠 때나 슬플 때나

나보다 나를 더 사랑하는 사람들

이 세상 무엇으로도 대신 할 수 없는
가족들의 보석 같은 사랑에 감사합니다

바쁘다는 이유로
자주 안부를 묻지는 못했어도
서로의 건강과 평온을 기도하며
항상 마음으로 온정을 주고받는
형제들의 풀잎 같은 사랑에 감사합니다

만나면 만날수록 반갑고
생각만 해도 기쁨이 샘솟는 사람들
일상의 잔잔한 이야기로 웃음꽃을 피우는
나의 이웃, 나의 친구들
당신의 햇살 같은 우정에 감사합니다

미움과 불신보다
사랑과 믿음으로 다가오는 사람들
모자람은 채워주고 부족함은 감싸주며
따뜻한 눈빛으로 함께 하는 우리,
우리라는 이름의 모든 분들께 감사합니다

한 해,
사랑을
꿈꾸다

한 해,
당신 때문에 행복했습니다

오늘이 무거워 고개를 떨구고
묵묵히 생각에 잠겨 있을 때
살며시 다가와 어깨를 감싸며
해님처럼 웃어주던 당신 때문에 행복했습니다

꼭 해야 할 일을 하지 못하고
꼭 하고 싶은 일도 망설이고 있을 때
'힘내'라는 당신의 따뜻한 한마디는
용기 없는 나를 새롭게 일으켜 세웠습니다

그 어떤 시련도
우리에겐 극복할 수 있는 힘이 있음을
'할 수 있어'라는 자신감은
'할 수 있을까'라는 두려움을 몰아내는
가장 단단한 무기임을 배웠습니다

불평과 불만으로

누구를 원망하고 비난했을 때

너그러운 당신의 마음은

이해심이 부족한 나를 부끄럽게 했습니다

봄볕에 새싹이 돋듯

다시 태어나는 나를 기대하며

소망의 새해를 맞이할 수 있는 것은

슬기로운 당신의 가르침 덕분이 아니겠는지요

하루하루 은혜의 별들이

내 작은 가슴에서 은하수처럼 빛날 때

한 해 동안 베풀어주신 보석 같은 사랑

당신의 고귀한 그 사랑 때문에 행복했습니다

고마운 당신!

새해 복 많이 받으세요

한 해,
사랑을
꿈꾸다

한 해의 행복을
기도하는 마음

밖이 시끄러운 것은
내 귀를 닫지 못한 탓이요
안이 시끄러운 것은
내 마음을 열지 못한 탓입니다

당신이 못마땅한 것은
나의 이해가 부족한 탓이요
내가 이해 받지 못하는 것은
나의 설득력이 부족한 탓입니다

끝내 미워해야 할 사람이 있다면
원망의 강물이 깊지 않기를

끝내 용서할 수 없는 사람이 있다면
가슴의 날이 예리하지 않기를 바랍니다

우리가 누리고자 하는 평화는
사랑하는 마음의 진실에서 비롯될 것이고
우리가 얻고자 하는 행복은
털어낸 마음의 환한 미소에서 비롯될 것입니다

우리가 느끼고자 하는 사랑은
아침 햇살에 반짝이는 작은 이슬방울 같은 것
당신과 내가 날마다 머무는 그곳에
하늘의 축복이 영원하길 바랍니다

에
필
로
그

　이 시집의 대표작은 제목에서 보듯이 2008년 11월 10일 처음 발표한 "마음이 아름다우니 세상이 아름다워라"입니다.

　그런데 2012년 4월경부터 어인 일인지 이채의 시가 "다산 정약용" 선생의 『목민심서』한 구절로 잘못 유포되었고, 그 수는 이루 헤아릴 수 없을 정도였습니다.

　역사 속의 저서를 잘못 이해하고 있는 수백만 명의 독자들에게 이 시집을 권하고 싶습니다. 또한, 바람이 있다면 이 기회에 목민심서가 어떠한 내용을 담고 있는 저서인지 꼭 읽어볼 것을 권유하면서, 본인처럼 심각한 저작권리 침해로 인하여 고통받는 작가가 이 땅에 다시는 없기를 소망합니다.

행복을 부르는 주문

- 권선복

이 땅에 내가 태어난 것도
당신을 만나게 된 것도
참으로 귀한 인연입니다

우리의 삶 모든 것은
마법보다 신기합니다
주문을 외워보세요

나는 행복하다고
정말로 행복하다고
스스로에게 마법을 걸어보세요

정말로 행복해질것입니다
아름다운 우리 인생에
행복에너지 전파하는 삶 만들어나가요

더 밝은 내일

긍정의 힘

- 권선복

우리마음에 긍정의 힘을 심는다면
힘겹고 고된 길 가더라도 두렵지 않습니다.

그 어떤 아픔과 절망이 밀려오더라도
긍정의 힘이 버팀목 되어 줄 것입니다.

지금 당신에게 드리겠습니다.
열린 마음으로 받아들일 수 있는 긍정의 힘.
두 팔 활짝 벌려 받아주세요.

당신의 마음에 심어진 긍정의 힘이
행복에너지로 무럭무럭 자라날 것입니다.

아름다운 사람

– 권선복

아름다운 사람이 되고 싶습니다
내가 말한 말 한마디에
모두가 빙그레 미소 지을 수 있는 힘을 가진
아름다운 사람이 되고 싶습니다.

내가 보인 작은 베풂에
모두가 행복해할 수 있는
선한 영향력을 가진
아름다운 사람이 되고 싶습니다.

말보다 행동보다
모두에게 진정으로 내보일 수 있는
아이같은 순수함을 지닌
아름다운 사람이 되고 싶습니다.

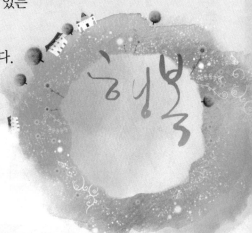

'행복에너지'의 해피 대한민국 프로젝트!

〈모교 책 보내기 운동〉 〈군부대 책 보내기 운동〉

한 권의 책은 한 사람의 인생을 바꾸는 힘을 가지고 있습니다. 한 사람의 인생이 바뀌면 한 나라의 국운이 바뀝니다. 그럼에도 불구하고 많은 학교의 도서관이 가난하며 나라를 지키는 군인들은 사회와 단절되어 자기계발을 하기 어렵습니다. 저희 행복에너지에서는 베스트셀러와 각종 기관에서 우수도서로 선정된 도서를 중심으로 〈모교 책 보내기 운동〉과 〈군부대 책 보내기 운동〉을 펼치고 있습니다. 책을 제공해 주시면 수요기관에서 감사장과 함께 기부금 영수증을 받을 수 있어 좋은 일에 따르는 적절한 세액 공제의 혜택도 뒤따르게 됩니다. 대한민국의 미래, 젊은이들에게 좋은 책을 보내주십시오. 독자 여러분의 자랑스러운 모교와 군부대에 보내진 한 권의 책은 더 크게 성장할 대한민국의 발판이 될 것입니다.